关于作者

罗伦·乔尔德，1967年出生于英国一个美术教师家庭，曾在曼彻斯特工艺学校和伦敦艺术学院主修插画和复合媒体。2000年，她创作的《我绝对绝对不吃番茄》荣获凯特·格林纳威奖大奖，系列图画书"查理与劳拉"成为经典畅销童书。她对儿童内心具有深刻的洞察力，善于发掘平凡生活的不凡之处，并以非常新奇、极具现代感又犀利的风格来诠释。如今，她已成为一位受人瞩目的童书作家和插图画家。

我真的只能要一件吗？

[英]罗伦·乔尔德　著　范晓星　译

接力出版社
Publishing House

桂图登字：20－2016－390

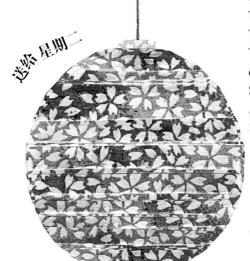

送给 星期二

本书简体中文版权由博达著作权代理有限公司代理

图书在版编目（CIP）数据

我真的只能要一件吗？ /（英）罗伦·乔尔德著；范晓星
译.—南宁：接力出版社，2018.9
ISBN 978－7－5448－5688－1

I.①我…　II.①罗…②范…　III.①儿童故事－图画故事－英国－现代
IV.①I561.85

中国版本图书馆CIP数据核字(2018)第212704号

1

责任编辑：曾先运　　美术编辑：杨　慧
责任校对：贾玲云　　责任监印：陈嘉智　　版权联络：王燕超
社长：黄　俭　　总编辑：白　冰
出版发行：接力出版社　　社址：广西南宁市园湖南路9号　　邮编：530022
电话：010-65546561（发行部）　　传真：010-65545210（发行部）
http://www.jielibj.com　　E-mail:jieli@jielibook.com
印制：北京尚唐印刷包装有限公司
开本：890毫米×1440毫米　1/16　　印张：2.5　　字数：30千字
版次：2018年9月第1版　　印次：2018年9月第1次印刷
定价：35.00元

我有个妹妹叫劳拉。
她是个有趣的小人儿。

有时候，妈妈想给我们一个惊喜，
她就会说："我们去逛街吧，
你们可以选一件东西。"

"**每人**一件东西，"我问，
"还是**两个人一件**东西?"

妈妈说："每人一件。"

3

我对劳拉说：

"妈妈要带我们去逛街，

我们可以选**一件**东西。"

劳拉问："两个人**分**一件东西吗？"

我说：

"**每人一件，**

也就是说实际上是**两件**东西。"

劳拉说："**两件东西？**"

我说："我们**两个人**、**两件**东西。"

4

2÷2=1

"一件给我，

一件
给你。"

妈妈说我们**十**分钟内必须准备好出发。

我
花了
三分钟
刷牙。

还用了
一分钟
来回想：

1

哦，
我还**没**
吃早餐呢。

我又花了
四分钟

吃脆米花，

6

花了
三分钟
再刷一遍牙，

最后，
花了
八分钟
帮劳拉

找她
左脚
穿的鞋。

$$3 + 1 + 4 + 3 + 8 = 19$$

这么一来，
我们就
晚了
九分钟。

$$19 - 10 =$$

晚了 **9** 分钟。

Charlie

劳拉大声喊：

"我还**有点事**。"

我问：

"**什么**事？"

她回答：

"**一件**事。"

我说：

"可是我们来不

及了……"

她说：

"我只要

半秒钟。"

整整 两 分钟，

也就是

过了 足足

120 秒，

是呢，卡木

我才在卧室里
找到劳拉。

9

我问："你在**做**什么？"

劳拉回答：

"我**想数一数**裙子上有多少个**点点**。 可是我

不确定

12完了

该是什么数。"

我说：

"别 再 想 了，

你再琢磨 我们就 逛不成街了。"

"那好，" 劳拉说，

"我们快走吧。"

我一阵狂奔，

可劳拉却趴在地上

数起了瓢虫。

她说：

"这儿

至少有五十，

不，二十——十七只瓢虫。

五十只，不，

二十——十七只瓢虫

需要穿多少双鞋呀，

查理哥哥？"

我说："一只都不需要，瓢虫根本不穿鞋。"

劳拉问："那袜子呢？"

我说："瓢虫也从来不穿袜子。"

劳拉说："那它们的小脚丫，

一定很疼吧！"

我们经过湖边草地的时候，
几只鸭子跟在了我们后边。

劳拉问："有**几只**鸭子在**跟着**我们？"
我回答："三只。"

劳拉从衣服口袋里摸出半块饼干，
她把饼干捏碎了
喂鸭子。

她问：

"现在有多少只鸭子了？"

我说：

"三只鸭子，
七只鸽子，
五只水鸟，
四只天鹅，
两只鹅和
一只会飞的小鸟。"

$3+7+5+4+2+1=22$

"快跑啊！"
劳拉大声喊。

17

劳拉仰头望着天空，说：

"看**那些**小鸟，它们在唱歌。总共有

一、二、五、七、二十、

十六、十一、九只小鸟在**唱歌**。"

我说："不对，劳拉，一共有

"我就是
这么**说**的。"
    劳拉说，

"我说有**九只**。"

我说：

"好吧，既然你

这么会数数的话，

那我问问你，

这棵树上有多少片**叶子**？"

"一百片，"劳拉说，

"差不多，**至少吧**。"

我说：

"比

一百

多，

也比

一千

多。"

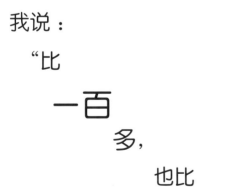

劳拉问：

"一千

是多少？"

我说："十个一百

就是一千。"

$$10 \times 100 = 1000$$

劳拉问："一千是**最大**的数字吗？"

我说："才不是呢，一千后面还有**一百万**，那是一千的一千倍。"

劳拉问："那**一百万**比**雨滴**还要多吗？"

"没有啦，雨滴也许有**十亿**吧，"我说，

"**说不定有一万亿。**"

劳拉问："会不会是**超级无数多**？"

我说："我不知道

超级无数多

算不算一个**数**。"

我俩**又**走了**一百**五十六步，才到了商店。

妈妈说：
"你们
可以每人
选一件
东西。"

劳拉说："我要**三件**。"

妈妈说："一件。"

劳拉说："两件。"

妈妈只好说：

"那一件都不买好不好？"

劳拉说：

"那

　　还是

　　　一件

　　　　吧。"

妈妈说：

"好吧，一件东西。"

劳拉说：

"成交！一件东西。"

我花了三分钟把漫画书翻了一遍，
又花了两分钟看了所有的徽章，
五秒钟就做出了决定。

我买了六个徽章。

劳拉还在选来选去。

过了十一分钟，妈妈说：
    "快一点儿，劳拉，再过一分钟
        我们就该走了。"

两分钟以后，
劳拉选好了
十二张贴纸。

回家的
路上，

劳拉

把**五**张贴纸贴在**人行道上**，

三张贴纸贴在**树上**，**两**张贴纸贴在了她自己的**鞋上**，

一张贴在**我**身上，她连**马文的狗狗**身上都贴了
一张贴纸。

等我们回到家的时候，劳拉的贴纸早就用光了。

一张不剩。

$$12 - 5 - 3 - 2 - 1 - 1 = 0$$

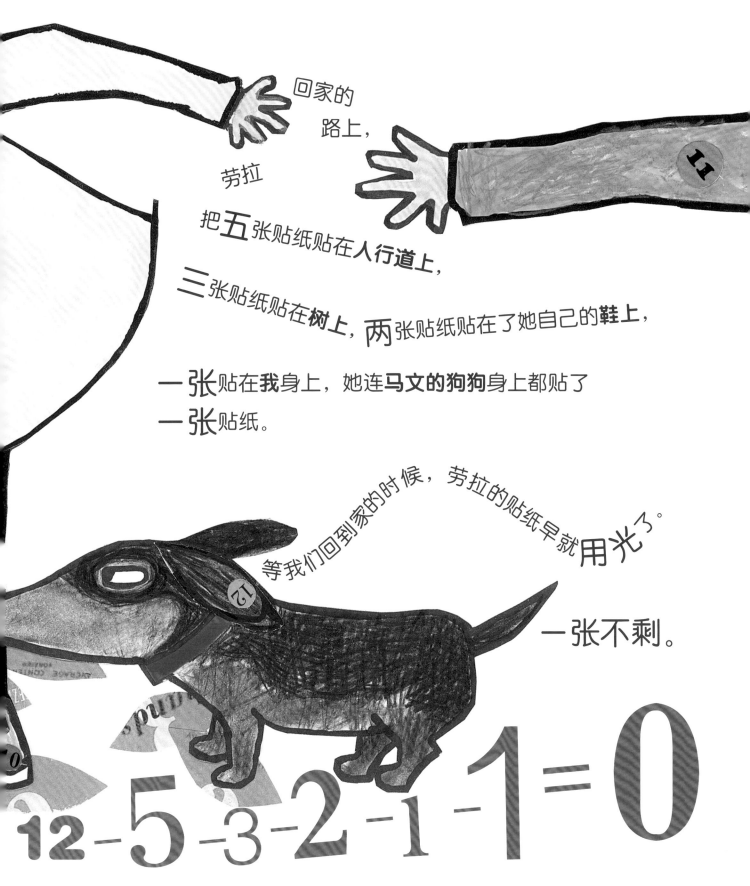

我们到家**四**分钟了，劳拉说：
"查理哥哥，**可不可以**给我
一个你的**徽章**？"

我说："好吧，你可以选**一个**。"

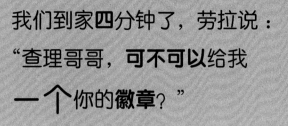

劳拉说：
"也许……
可不可以，
三个？"

我说：**3**

"一个。"

她说：**1**

我说："或者**两个**？"**2**

"一个都不给
你好不好？"**0**

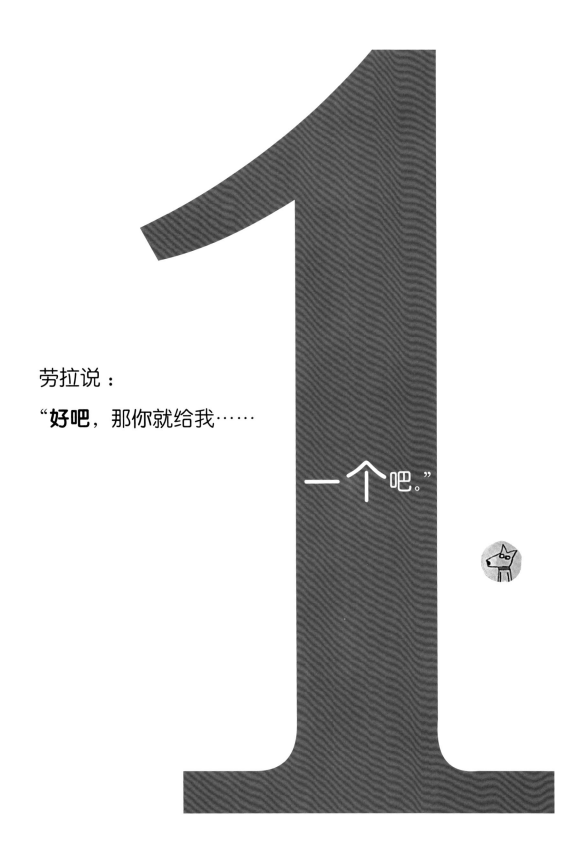

劳拉说：

"**好吧**，那你就给我……

一个吧。"

1 2 3 4 5

6 7 8 9 10

11

13

12

4

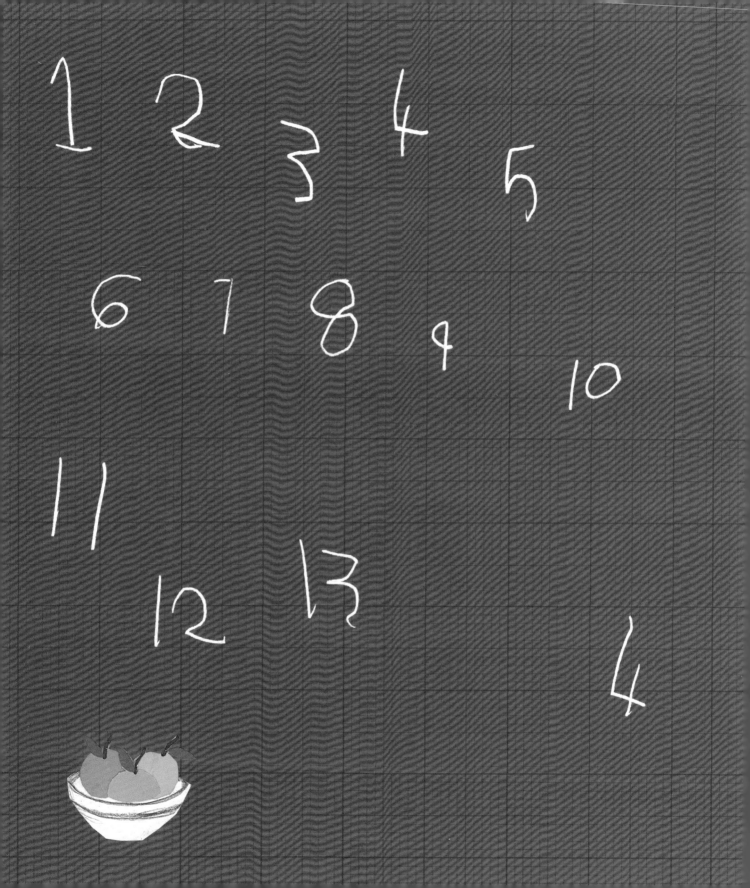